LE SERVICE

DES

EAUX DE VERSAILLES

ET DE MARLY

DANS LE PASSÉ ET DANS LE PRÉSENT

CE QU'IL PEUT ÊTRE DANS L'AVENIR

PAR

M. Maximilien GAVIN

Inspecteur principal du service des eaux de Versailles, en retraite.

EXTRAIT DE LA « REVUE D'HYGIÈNE »

(1892)

PARIS

G. MASSON, ÉDITEUR

LIBRAIRIE DE L'ACADÉMIE DE MÉDECINE

120, Boulevard Saint-Germain

1892

EXTRAIT DE LA « REVUE D'HYGIÈNE ET DE POLICE SANITAIRE »
G. MASSON, ÉDITEUR
Revue d'hygiène, tome XIV, n° 11, 1892.

LE SERVICE

DES

EAUX DE VERSAILLES

ET DE MARLY

DANS LE PASSÉ ET DANS LE PRÉSENT,

CE QU'IL PEUT ÊTRE DANS L'AVENIR,

PAR

M. Maximilien GAVIN
Inspecteur principal du service des eaux de Versailles, en retraite.

Observations préliminaires. — Le service des eaux de Versailles depuis la contamination de la Seine est resté en suspicion dans l'esprit de la population. Non seulement la presse locale, mais la grande presse, sont venues faire leur partie dans le concert de reproches adressés à la plus ou moins bonne qualité des eaux distribuées à Versailles.

Ces critiques, auxquelles nous n'avons pas voulu prendre part, nous ont donné la pensée d'étudier, aidé de nos connaissances techniques, les moyens de faire cesser un état de choses préjudiciable, à tous égards, à la prospérité de la ville.

Tout dévoué aux intérêts de nos concitoyens, nous nous sommes fait, comme un des deux seuls fonctionnaires survivants de l'ancien personnel dirigeant du service des eaux, pouvant donner sur le passé de ce service des renseignements précis, un cas de conscience d'intervenir dans la question, et d'apporter, pour la résoudre, le concours de notre expérience.

Pour atteindre ce but, nous avons pensé que la publication d'une étude du service des eaux de Versailles et de Marly répondrait en les calmant aux appréhensions du public.

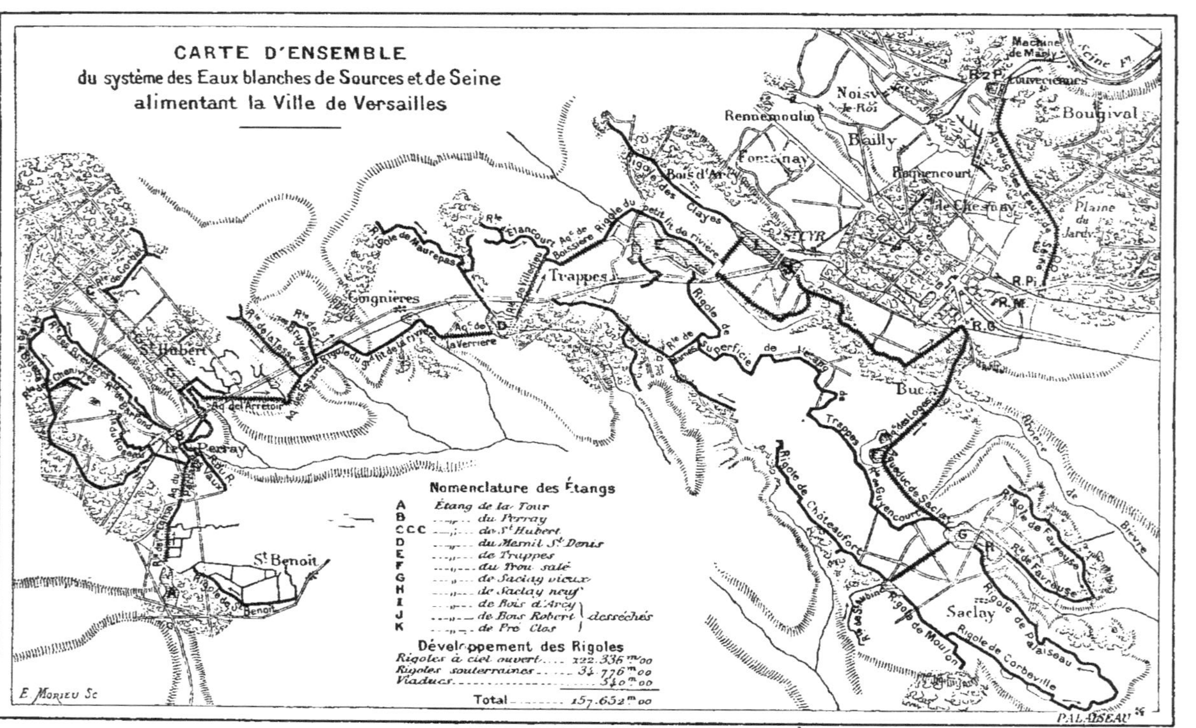

Fig. 1. — Service des eaux de Versailles et de Marly.

Dans cette étude d'actualité, nous avons résumé, en les commentant, les améliorations que comporte le service des eaux et cela avec une entière liberté d'action et la longue expérience que nous avons acquise des choses et des faits. Aussi avons-nous accumulé de nombreux et intéressants renseignements, nous permettant de faire ressortir l'importance et l'utilité de ce service en général et en particulier celui des eaux blanches, son fonctionnement aujourd'hui, le parti qu'on en peut tirer, pour assurer l'avenir de l'alimentation de Versailles.

Le service des eaux de Versailles et de Marly se subdivise de la manière suivante : Un service extérieur et un service intérieur.

Le service extérieur se compose comme il suit : 1° les eaux de Seine ; 2° les eaux de sources provenant des puits de Marly ; 3° les eaux blanches d'étangs ; 4° les eaux de sources dites de Colbert.

Le service intérieur comprend : 1° le service de la ville ; 2° le service du parc et des Trianons.

I. — Les eaux de Seine. — Avant de faire l'exposé de ce service, il nous a semblé qu'il ne serait pas indifférent au lecteur de cette étude de connaître les voies et moyens employés, pour élever l'eau de Seine et la diriger sur Versailles.

Voici ces moyens: *La machine de Marly.* — Sans nous arrêter plus qu'il convient à la décrire, nous tenons néanmoins à rappeler la simplicité de son mécanisme, qui se compose de six roues à aube. La puissance de sa force motrice varie entre mille et douze cents chevaux. Les roues ont un diamètre de 12 mètres, une largeur de 4m,50, elles fonctionnent dans un coursier disposé de telle sorte, qu'il n'y a pour ainsi dire pas de force perdue. Chaque roue actionne quatre pompes horizontales à piston plongeur à simple effet.

Son rendement journalier est calculé ainsi : 2,600 à 2,700 mètres par roue, soit un volume d'eau élevé variant de 15 à 16,000 mètres cubes par 24 heures. Tel est en substance le mécanisme dont se compose l'établissement hydraulique de Marly.

Nous allons faire connaître son utilité : Cet établissement envoie à Versailles et aux communes suburbaines qui l'avoisinent, en alternant ou en mélangeant ses envois, de l'eau de Seine ou de source provenant des puits de Marly, dont nous parlerons plus loin.

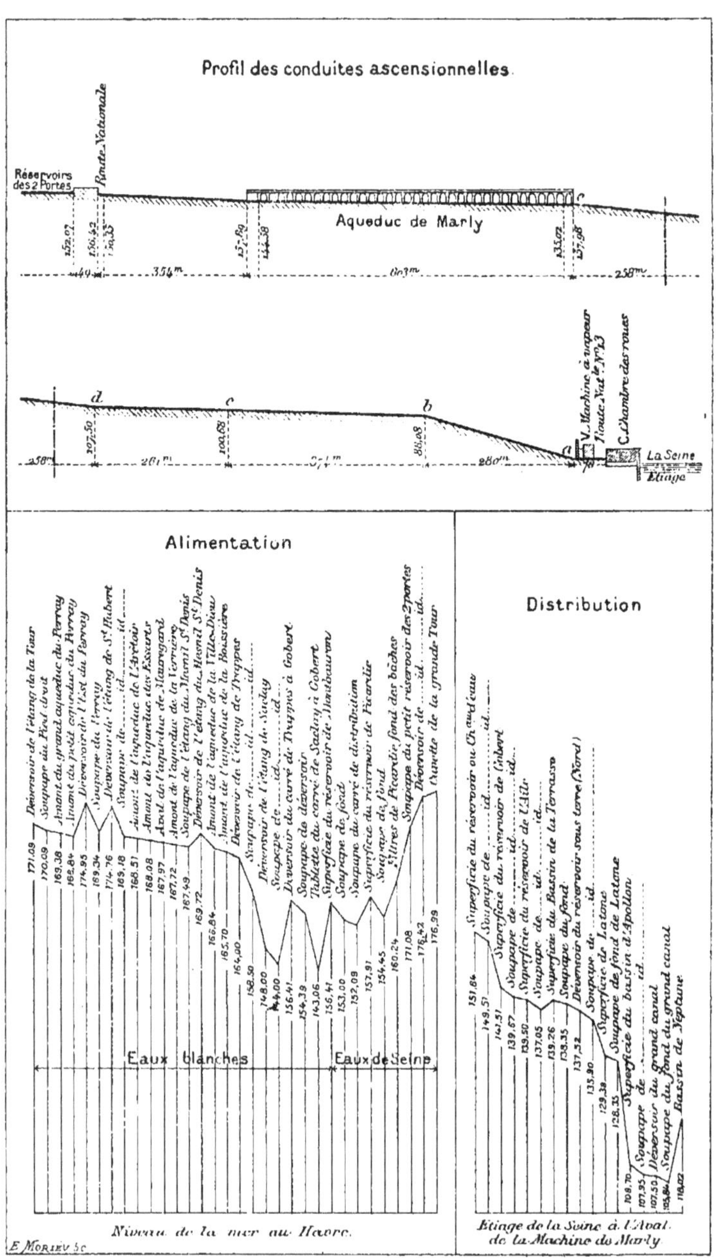

Fig. 2. — Service des eaux de Versailles et de Marly.

L'eau de Seine, aussi bien que l'eau de source, est élevée, au moyen d'une conduite en fonte de 1,530 mètres de longueur, à l'altitude de 156m,42 au-dessus de l'étiage de la Seine près de la machine. A leur arrivée dans l'enclos des réservoirs récepteurs, ces eaux se déversent en champignon dans un petit réservoir, sorte de château d'eau, dont la superficie s'épanche dans une cuvette de jauge, où le volume d'eau élevé pendant vingt-quatre heures est compté. De cette cuvette partent les conduites qui alimentent alternativement et suivant les besoins les trois réservoirs connus sous le nom de réservoirs des Deux-Portes. Leur capacité est d'environ 363,000 mètres cubes.

Nous allons maintenant examiner ce que nous croyons utile de faire, pour améliorer les eaux de Seine.

Améliorations.— Autrefois, on ne jurait que par l'eau de Seine à Versailles; et sa qualité, comme en témoignent les analyses d'alors, reléguait au second plan les eaux blanches, voire même les eaux de sources, dont le prix de concession à cette époque fait foi.

Aujourd'hui, tout est changé ; malgré les efforts de l'administration pour l'améliorer, l'eau de Seine est restée à l'index. L'utilisation de filtres dans les appareils de Marly, tous les efforts tentés, ne sont pas parvenus à détruire les appréhensions ; le mal existe, ainsi que les inquiétudes des habitants.

L'état de contamination de la Seine augmente chaque jour, et la date qui marquera la mise à exécution d'un projet de dérivation des égouts d'Asnières est encore malheureusement fort éloignée.

Cet état de choses devant se prolonger outre mesure, il nous a semblé que le moment de réagir était arrivé, attendu que la situation n'est pas de nature à calmer l'émotion, non seulement des habitants de Versailles, mais de toute la région en aval de la Seine.

Aussi, pensons-nous que, dans le cas où on persisterait à utiliser à Versailles l'eau de Seine dans les conditions actuelles, il est indispensable de prendre certaines précautions, qui consisteraient *avant son arrivée dans les réservoirs, d'installer des filtres et un réservoir de décantation.*

Cette installation aurait d'autant plus sa raison d'être, que l'eau de Seine élevée entraîne les impuretés de la Seine et des myriades de coquillages.

Ces coquillages, soit en suspension, soit déposés au fond des réservoirs, sont entraînés dans l'aqueduc qui met les réservoirs des Deux-Portes en communication avec Versailles. Ils se fixent sur les parois de cet aqueduc, ou se déposent dans les contrepentes : souvent dans un parcours de 5 à 600 mètres on les y rencontre.

Le séjour de ces mollusques dans un aqueduc fermé presque hermétiquement, privé d'air, sans ventilation aucune, donne à l'eau une odeur nauséabonde, repoussante.

Pour atténuer les effets de cet inconvénient, nous pensons *qu'un système d'aération comme nous l'avions proposé il y a une quinzaine d'années serait utile à établir*, pour faire disparaître l'odeur infecte que dégage l'accumulation de ces coquillages, souvent en décomposition par suite des intermittences d'épaisseur de la tranche d'eau dirigée sur Versailles.

L'aqueduc qui relie les réservoirs des Deux-Portes à Versailles est d'une longueur de 6,300 mètres ; il est construit dans la moitié de son parcours à une profondeur variant de 10 à 15 mètres. Le parcours de l'eau dirigée de ces réservoirs sur Versailles par cet aqueduc ne peut que diminuer l'amélioration acquise par l'eau dans les réservoirs des Deux-Portes. Son titre oxymétrique baisse sensiblement. En 1880 nous l'avons constaté dans un travail en collaboration avec MM. Gérardin, inspecteur des établissements classés de la ville de Paris, et le docteur Rémilly, médecin de l'hôpital civil de Versailles. Ce titre heureusement remonte à la sortie des filtres et dans le réservoir de Picardie, point d'arrivée des eaux de Seine en ville.

La ventilation, dont nous regrettons l'absence, et la disparation des coquillages dans l'aqueduc des eaux de Seine, s'imposent énergiquement, d'autant qu'il faut craindre que l'emploi de l'eau de Seine mélangée à l'eau de source soit conservé longtemps encore.

A leur arrivée à Versailles, les eaux de Seine passent par le pavillon dit : les filtres de Picardie, où elles traversent quatre fois des couches de gravier, de sable et de charbon.

De ce pavillon, par un siphon, elles pénètrent dans le réservoir de Picardie, où elles s'améliorent de nouveau, sous l'influence du filtrage et de l'action solaire. De là, toujours en siphon, elles se dirigent dans les réservoirs de Montbauron, point central du mélange des eaux de Seine, d'étangs et de sources. De ce point partent les services de la ville, du palais et des parcs de Versailles et des Trianons.

Pour l'avenir, nous estimons qu'on devra arriver à la suppression de l'eau de Seine, d'autant que le service des eaux blanches d'étangs peut donner des résultats considérables : mais en attendant qu'on puisse en arriver là, il faut améliorer le service de Marly par tous les moyens possibles ; nous venons d'en indiquer quelques-uns.

Il ne faudrait pas oublier, d'ailleurs, que le service de Marly a des chômages forcés, causés par les hautes eaux, les glaces et les réparations.

D'après les rapports de M. Dufrayer, ancien directeur du service des eaux, les chômages varient entre 90 et 94 jours par an, tout le service est alors arrêté : il ne reste plus que les réserves accumulées dans les réservoirs des Deux-Portes pour faire face aux dépenses d'alimentation de Versailles et des communes suburbaines.

L'exposé qui précède indique des améliorations indispensables qui augmenteront la qualité des eaux du service de Marly, en attendant la dérivation des égouts de Paris.

II. — Service des eaux de sources de Marly. — Les eaux des puits de Marly, pour les substituer aux eaux de Seine contaminées, si nous invoquons nos souvenirs et les notes que nous avons prises alors, ne nous ont jamais inspiré qu'une médiocre confiance.

A cette époque, selon nous, une occasion s'est présentée qui pouvait modifier notablement la situation : M. Grille, alors directeur du service des eaux, y avait songé, mais pour des motifs que nous n'avons pas à apprécier, il ne put y donner suite.

Il s'agissait, en même temps qu'on exécutait le forage des puits de Marly, de tenter le captage de deux magnifiques sources, découvertes pendant les travaux d'élargissement de l'écluse de Bougival, dans l'île contiguë au barrage de la machine. Ces sources, qui produisaient 500 mètres cubes à l'heure, ont été, par suite des exigences du service de la navigation, complètement aveuglées, sans que rien ait été fait pour les utiliser.

Si, parallèlement aux travaux de forage des puits de Marly, le captage de ces sources de l'île eût été pratiqué, la crise que l'alimentation de Versailles subit, et l'émotion qu'elle cause dans la population, n'auraient sans doute pas eu lieu.

Mais à cette époque, on s'occupait plus du présent que de l'avenir du service des eaux. La situation critique où il se trouve

Bassins de distribution de Versailles et de Trianon.

1 *Réservoirs des 2 Portes. cube 363.181m.*
2 *Réservoir de Picardie* „ 13.232
3 *Réservoirs de Montbauron* „ 115.783
4 *Réservoirs de Gobert* „ 45.227
5 *Réservoir du Trèfle Trianon* „ 11.614
6 *Réservoir de Chèvreloup Trianon* 40.000

7 *Aqueduc des Eaux de Seine et Filtres*
8 *Aqueduc de Trappes et carré de Trappes*
9 *Aqueduc de Saclay et carré de Saclay*
10 *Réservoir du Château. Sce du Parc*
11 *Réservoirs de l'Aile. Service du Parc*
12 *Réservoirs. Projet.*

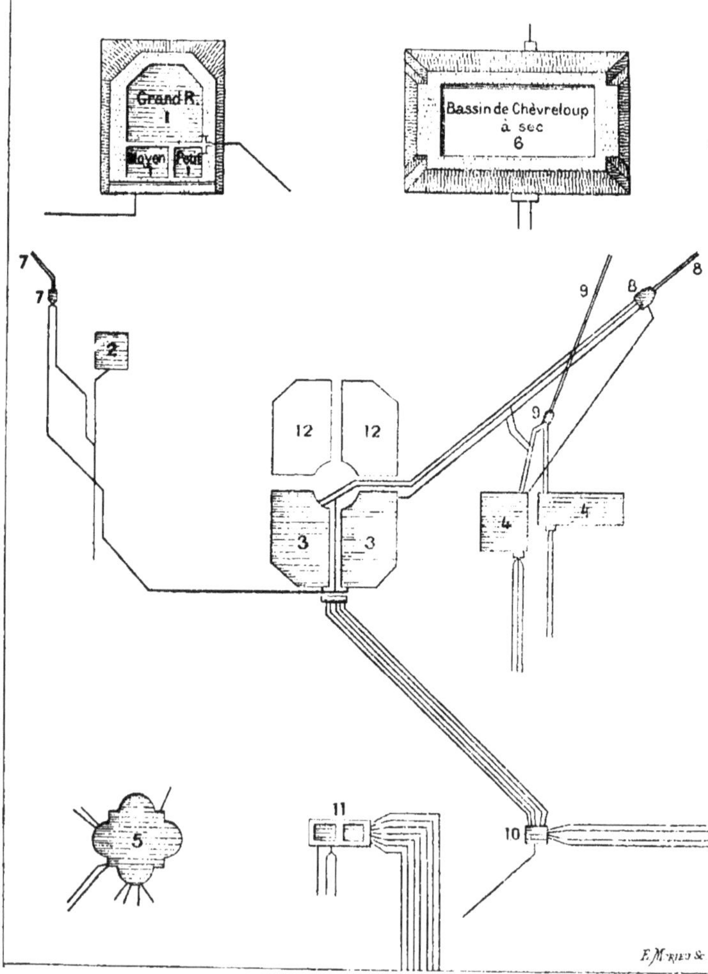

Fig. 3. — Service des eaux de Versailles et de Trianon.

aujourd'hui donne un regrain d'actualité aux faits qui précèdent. Nous les signalons avec l'espoir que des recherches seront faites dans le sens que nous indiquons.

Si nous envisageons la question non seulement au point de vue de l'alimentation de Versailles, mais encore des quatorze villes ou villages qui nous entourent et qui comptent une population de 20 à 22,000 habitants, le fait relaté ci-dessus a une grande importance, car les puits de Marly ont un rendement insuffisant.

La région suburbaine desservie est composée en partie de propriétés et de maisons de plaisance qui exigent un volume d'eau d'autant plus considérable qu'elles sont occupées pendant la saison chaude de l'été, saison pendant le cours de laquelle se fait la plus grande consommation.

Comment, en effet, le service des eaux fait-il sa répartition ? Par l'eau de Seine mélangée aux eaux des puits de Marly; mais en présence de l'incertitude qui plane sur le rendement des puits de Marly et de l'état de contamination des eaux de Seine, il est important d'augmenter le plus possible les eaux de sources de Marly et de faire de nouvelles recherches dans les îles, ou sur la rive du Vésinet.

Pour Versailles, une amélioration importante consisterait dans l'utilisation d'un des trois réservoirs des Deux Portes, et dans l'établissement d'une conduite spéciale destinée aux eaux de sources de Marly.

L'eau de la Seine devrait être réservée pour le parc et ses jardins, le jeu des grandes eaux, le service de la salubrité. L'aqueduc des eaux de Seine serait affecté à ce service.

Il ne faut pas oublier que l'une des causes de la crise que nous traversons, tient au développement donné au service de la région suburbaine de Versailles ; développement qui ne correspond nullement avec les moyens actuels d'alimentation.

Aussi des amélorations sont nécessaires pour l'augmentation de la quantité et de la qualité de l'alimentation de la contrée. Nous pensons donc que, dans l'intérêt de la ville de Versailles, il serait imprudent au service des Eaux de rester dans la situation actuelle; car le service des eaux de Versailles est destiné non seulement à la ville, son parc et ses jardins ; mais encore, Versailles depuis 1870, est devenu une place de guerre importante, avec son arsenal à Satory, les forts qui l'environnent, un véritable camp retranché. L'effectif de sa garnison se compose de 7,691 hommes et de 2,695 chevaux. Cette garnison suivant les circonstances peut être doublée, triplée même; de telle sorte que son alimentation et les réserves qu'elle possède, à peine suffisantes en ce moment, ne répondraient pas aux besoins dans le cas par exemple, ou cent mille hommes seraient rassemblés dans ses murs.

Le service des eaux de Versailles, service d'agrément qu'il était autrefois, est aujourd'hui de première utilité publique.

III. — Le service des eaux blanches d'étangs. — Ce service a eu pour la ville et doit toujours avoir pour elle une importance de premier ordre; depuis l'infection de la Seine surtout, il doit assurer sa salubrité exceptionnelle. Pour bien en saisir l'importance, il ne faut pas se contenter de l'étudier sur les cartes ou sur le terrain; il faut le voir en action, c'est-à-dire en fonction comme nous l'avons vu pendant 35 années.

C'est par les temps de pluies, d'orages et de neige qu'il est intéressant à observer : on est vraiment stupéfait de l'alimentation de ses rigoles et de ses réservoirs, surtout en hiver, la gelée s'opposant aux infiltrations dans les terres arables. Ce service réclame surtout une surveillance incessante du personnel dirigeant. Il peut être amélioré, et son rendement sensiblement augmenté surtout si l'on utilise à propos, ses moyens d'action. C'est ce que nous allons indiquer.

L'alimentation par les eaux d'étangs est restée dans son ensemble, ce qu'elle était lors de sa création par Vauban, sous le règne de Louis XIV [1].

Les eaux pluviales des deux plateaux compris, le premier entre Rambouillet et Saint-Cyr, le second entre la Bièvre et l'Yvette sont recueillies dans les étangs. Les surfaces versantes sont d'environ 15,000 hectares. 78 villages et écarts, sont assainis par un nombre relativement considérable de bouëlles ou sangsues de vidanges, de canaux ou rigoles à ciel ouvert, formant dans leur ensemble un immense drainage,

D'un développement de.................	79.214	mètres
Et d'acqueducs souterrains de..........	33.077	—
Soit un total..	112.291	mètres

1 C'est l'abbé Picard qui a procédé, avec Lahyre, au nivellement général du service de ces eaux. C'est de cette époque que date l'invention du niveau

Ces rigoles et aqueducs constituent les grandes artères, par lesquelles sont dirigées vers les étangs récepteurs, toutes les eaux recueillies par elles.

Les étangs qui composent la réserve de l'approvisionnement de la ville de Versailles (sauf trois qui ne sont pas utilisés) forment par leurs différentes altitudes deux étages.

Le premier étage est compris dans les cotes 158 et 169 mètres.

Il se compose de trois cantons : Saint-Hubert, le Mesnil-Saint-Denis et Trappes. Il renferme 7 étangs et 5 retenues.

Le deuxième étage, d'un seul canton, celui de Saclay, est compris dans les cotes 144 et 158 mètres. Il renferme 4 étangs et 2 retenues.

Le cube du volume d'eau que peuvent emmagasiner ces étangs et retenues, s'élève à 8,000,000 de mètres cubes.

Mais si à l'ensemble de ces réserves, qui concourent actuellement à l'alimentation de Versailles, on ajoute celles que peuvent contenir les trois étangs inutilisés (*Bois-d'Arcy, Bois-Robert et Pré-Clos*), le chiffre total d'eau emmagasiné pourrait atteindre environ 9,431,000 mètres cubes, c'est-à-dire une augmentation sur le chiffre obtenu aujourd'hui de 1,341,000 mètres cubes, représentant l'approvisionnement de la ville pendant 135 jours, à peu près un tiers d'année !

Dans l'exposé qui vient d'être fait de la capacité des étangs, il convient de tenir compte de la surélévation du fond de ces étangs depuis leur création. C'est surtout dans les étangs de Saint-Hubert que le dépôt paraît être le plus sensible ; le système de rigole qui les alimente étant moindre, la décantation s'y fait moins bien que sur le service inférieur, où leur développement est plus considérable.

Voici, aussi brièvement que possible, la description de l'ensemble du système d'emmagasinage des eaux blanches, ainsi que la situation topographique des étangs.

Avant de passer en revue les améliorations que nous considérons indispensables pour l'ensemble du service des eaux blanches, nous croyons utile d'ouvrir une parenthèse pour faire connaître les recherches auxquelles nous nous sommes livrés, en étudiant au point de vue technique le régime des étangs.

d'eau, qui est due à l'abbé Picard. Les premiers essais de nivellement furent exécutés à l'aide du niveau de maçon, c'est-à-dire avec une règle et des chevalets.

Système des étangs et leur ressources d'alimentation. — Description générale des étangs et de leurs rigoles. — Les étangs et les divers canaux qui les alimentent et les desservent, occupent le vaste plateau situé au sud et à l'ouest de Versailles, entre les villes de Rambouillet et de Palaiseau.

En partant de la première de ces villes, on trouve successivement (voir la carte) les étangs de la Tour, du Perray, de Saint-Hubert, du Mesnil-Saint-Denis, de Trappes ou de Saint-Quentin (Bois-d'Arcy et Bois-Robert desséchés), qui forment un premier système envoyant ses eaux dans Versailles aux réservoirs dits de Gobert. Un second système formé par les étangs de (Pré-Clos desséché) Trou-Salé et de Saclay, établi postérieurement au précédent, verse également ses eaux aux réservoirs de Gobert, mais à un niveau inférieur à celui du débouché de Trappes.

L'étang de la Tour est presqu'exclusivement alimenté par la rigole de Saint-Benoist qui se décharge directement dans sa cuvette. (*En 1885 un aménagement nouveau a été commencé, nous ignorons quelle suite lui a été donné.*) Le canal d'évacuation de l'étang de la Tour, reçoit dans son parcours, tant sur la droite que sur la gauche, le produit de quelques canaux secondaires ou vidanges, indiqués sur le plan et celui de la rigole la plus importante du bois des Vaux.

Les étangs de Saint-Hubert et de Hollande, les plus vastes de tous après l'étang de Trappes, l'étang du Perray, qui en est très voisin, sont presque exactement au même niveau. Ils communiquent par une rigole dite de superficie, et peuvent être considérés comme formant une seule et même retenue. Ils sont desservis, au point de vue de l'alimentation, par un système très développé de rigoles et vidanges suffisamment indiqué sur la carte. La direction des flèches marque le sens des écoulements et donne en même temps, une idée du relief du terrain. Sur la rigole de superficie des étangs du Perray et de Saint-Hubert, nous avons placé deux flèches en sens contraire, pour indiquer qu'un double système d'écoulement est possible dans ce canal.

L'étang du Mesnil Saint-Denis, reçoit directement les eaux qui lui sont amenées par des vidanges et la rigole de Maurepas.

Quand à l'étang de Trappes, ce sont moins les eaux de ses propres versants qui l'alimente que celles qui lui sont fournies par les étangs supérieurs, ainsi que nous allons l'expliquer.

La rigole générale d'écoulement et de vidange des eaux recueillies dans les étangs dont nous venons de donner la nomenclature, a son point de départ à l'étang de la Tour. Elle reçoit d'abord, à partir de cet étang, le nom d'aqueduc et de rigole de Vies-Eglise, qu'elle échange en celui de rigole du Perray aux approches de cet étang et jusqu'à l'étang de Saint-Hubert. A la suite de celui-ci, elle prend la dénomination de rigole de l'Arêtoir, puis des Essarts et enfin de grand lit-de-rivière ; cette dernière désignation vient de ce qu'à l'époque de sa construction, on s'occupait de conduire l'Eure à Versailles, et que c'est en vue de l'écoulement des eaux provenant de cette dérivation qu'elle fut établie.

Après avoir passé en souterrain à la Verrière, le grand lit de rivière contourne l'étang du Mesnil Saint-Denis dont il reçoit les eaux. On l'appelle ensuite, rigole de la ville-Dieu et de la Boissière. Il débouche enfin dans l'étang de Trappes qui est le grand réceptacle de toutes les eaux de l'étage supérieur. Un peu avant ce débouché, on trouve une bifurcation appelée le petit lit-de-rivière qui contourne l'étang de Trappes au nord, et qui anciennement était destiné à l'alimentation des étangs de Bois-d'Arcy et de Bois-Robert. Aujourd'hui, ces étangs sont desséchés et cette rigole ne fonctionne que comme moyen de dégagement dans les moments de crue.

Dans ce parcours, ce long canal de vidange, indépendamment des eaux qui lui sont fournies par les étangs, reçoit le tribut de plusieurs autres rigoles importantes; comme la rigole de la Tasse, celle des Hautes bruyères, d'Elancourt et des vidanges qui s'y rattachent.

Toutes les eaux supérieures, ainsi réunies à l'étang de Trappes, se dirigent sur Versailles à la sortie de cet étang par un aqueduc souterrain, d'un développement de 10,800 mètres, qui contourne les coteaux situés à l'origine des vallées principales et secondaires de la Bièvre, et vient déboucher dans l'enclos des réservoirs de Gobert, au carré dit de Trappes. De ce carré, par des tuyaux, les eaux sont, suivant les exigences du service, dirigées soit sur les réservoirs de Montbauron, soit sur ceux de Gobert, faisant ainsi un double service. Les réservoirs de Gobert, sont situés à l'extrémité de l'avenue de Sceaux.

Quant aux étangs de Saclay et de Trou-Salé, le système des rigoles alimentaires y est développé plus que partout ailleurs. Il occupe un espace qui a environ 4 kilomètres de largeur et 16 kilomètres de long. Ces rigoles dont la situation et les pentes sont suffisamment indiquées sur la carte, débouchent, soit directement dans l'étang de Saclay, soit dans la rigole centrale, dite de Guyancourt, qui joint Trappes à Saclay, et au moyen de laquelle, les eaux de la première de ces retenues passent dans la seconde, lorsqu'elles atteignent leur hauteur ou niveau de superficie, ce qui établit une communication entre l'étage supérieur et l'étage inférieur des étangs.

Pour venir à Versailles, en sortant de Saclay, les eaux sont d'abord conduites par l'aqueduc de Saclay, jusqu'au bas de l'étang de Trou-Salé, ensuite par l'aqueduc des Loges jusqu'à la vallée de la Bièvre, qu'elles franchissent à l'aide des Arcades de Buc ; après quoi elles aboutissent par l'aqueduc des Gonards, directement au carré dit de Saclay dans l'enclos de ce nom, et par des tuyaux affectant la forme d'une Y, elles se déversent dans les réservoirs. Mais comme la superficie des étangs de Saclay est à un niveau inférieur de 13 mètres de celui de Trappes, il en résulte, que les eaux de Saclay ne peuvent pas, comme celles de Trappes, être indistinctement dirigées sur toutes les parties de la ville de Versailles. Il n'est possible de les conduire que dans les quartiers bas, leur degré d'utilité se trouve donc limité. Pour parer à cet inconvénient, on a utilisé une locomobile provenant du service de Meudon, pour élever l'eau des réservoirs de Gobert dans le carré de Trappes, (*nous avons appris qu'on ne s'en servait plus.*)

Nous complétons cette description par une tableau, dans lequel on trouvera les surfaces et les capacités des parties principales du système hydraulique de Versailles :

DÉSIGNATION DES RETENUES ET ÉTANGS.	SURFACES.	CAPACITES.
	h. a. c.	m.c.
La Tour	29,49,00	420,358 04
Le Perray	18,73,00	593,683 51
Saint-Hubert et Hollande	203,79,00	2,261,569 94
Mesnil Saint-Denis	44,64,00	227,832 35
Trappes ou Saint-Quentin	216,39,40	2,969,796 00
Trou-Salé	66,47,87	457,270 00
Saclay (vieux)	52,25,33	603,055 00
Saclay (neuf)	53,25,30	438,162 00
Totaux	685,02,90	7,971,726 84

Ces résultats ont été constatés il y a longtemps, et on peut se demander si depuis, les dépôts de vase et le développement de végétation n'ont pas diminué cette capacité. Mais si une diminution a eu lieu, c'est surtout à Saint-Hubert que ces effets doivent être le plus sensibles ; beaucoup plus, par exemple, qu'à l'étang de Trappes.

L'étang de Trappes, en effet, ne reçoit ses eaux qu'après qu'elles ont été recueillies dans les étangs supérieurs du Perray, de la Tour, de Saint-Hubert, du Mesnil Saint-Denis ; c'est évidemment dans ces étangs que la décantation est la plus importante ; en outre, à la sortie de ces étangs, les eaux déjà éclaircies continuent de se purifier pendant le long trajet qu'elles font dans les rigoles qui les conduisent à Trappes. Elles arrivent ainsi à leur destination presque complètement dépouillées des matières terreuses qu'à l'origine elles tenaient en suspension.

Si donc des envasements ont lieu, c'est surtout au point de départ, à l'étang de Saint-Hubert notamment, qu'ils ont pris leur développement et qu'il importe d'y remédier.

A cet effet, nous avons eu recours à des travaux de jaugeage et à des renseignements qui nous ont été légués par M. Nepveu, un des directeurs du service des eaux de Versailles, qui a le plus amélioré le service des eaux blanches.

Les résultats de ces recherches sont les suivants :

L'étang de Saint-Hubert est divisé à l'aide de levées en terre, en six parties ; nous faisons connaître dans le tableau suivant, ce qui concerne chacune d'elles.

DÉSIGNATION DES ÉTANGS.	LONGUEURS.	CAPACITÉS.
	m.	m.c.
Premier étang de Hollande	650	381,315 50
Deuxième étang de Hollande	610	323,786 70
Étang de Bourgneuf	1,010	212,920 10
Étang de Corbet	677	131,845 45
Étang de Pourras	1,060	412,889 46
Étang de Port-Royal	1,104	811,858 80
Totaux	5,111	2,274,646 01

A ce total, il convient d'ajouter le volume d'eau de la rigole centrale qui fait communiquer entre eux tous les étangs.

Cette rigole a une largeur moyenne de 6 mètres, une hauteur de 2^{m},50 et une longueur de 5,111 mètres.

	mètres cubes
Sa capacité est donc égale à 76,665 mètres cubes.	76.665
Mais, d'un autre côté, les dispositions suivant lesquelles cette rigole a été établie sont telles, qu'elle ne peut complètement vider le premier Hollande; il reste toujours dans ce bassin un tiers environ de l'eau qu'il contient, soit....	127.115
D'où une différence de..............	50.450
qui doit être retranchée du volume ci-dessus déterminé..................................	2.274.656
On obtient ainsi pour la capacité utile des étangs de Saint-Hubert, le nombre................	2.224.206

Or, les opérations analogues faites il y a une trentaine d'années ont donné pour résultat 2,261,570, de sorte que la capacité aurait diminué de 37,364 mètres cubes, quantité très faible et correspondant en moyenne à un envasement de 1,245 mètres cubes par an. La dépense à faire pour déblayer annuellement 1,245 mètres cubes étant faible, on voit qu'on sera toujours maître, quand on voudra, de se soustraire par l'entretien aux conséquences de l'envasement, et que par conséquent il n'y a pas lieu d'en tenir compte dans les calculs ultérieurs.

Étendue des surfaces versantes. — Cette étendue a été de tout temps comptée pour 15,000 hectares; c'est le nombre qui figure constamment dans les rapports des commissions. Nous avions jusqu'à présent admis ce chiffre, l'occasion ne s'étant pas présentée d'en vérifier l'exactitude.

Certains rapprochements que nous avions faits autrefois entre la mesure de pluie d'une part et les quantités d'eau recueillies par les étangs d'autre part, n'avaient pas été favorables, nous devons le dire, à l'exactitude de ce chiffre.

Nous trouvions, en effet, que pour une si grande surface, la quantité d'eau annuellement recueillie était trop faible, aussi avons-nous cru devoir procéder à une vérification.

Nous nous sommes servi, à cet effet, d'une carte de l'état-major sur l'exactitude de laquelle on peut compter, pour y figurer tout l'ensemble du service des eaux de Versailles.

Le résultat de ce travail a été de dissiper nos doutes et de confirmer l'exactitude du nombre de 15,000 hectares attribué à l'étendue des surfaces versantes.

Voici comment se répartit cette surface pour chaque système de bassins :

		hectares
		—
Étang de Latour, surface versante................		620
Étangs du Perray et de Saint-Hubert............		3.408
Entre la Tour et le Perray...............	810	
Entre le Perray et Trappes...............	2.912	
Ensemble......	3.722	3.722
Étangs de Bois-d'Arcy et Bois-Robert............		1.220
Étangs de Trou-Salé, Saclay neuf et vieux........		6.020
Total général................		14.990

On voit qu'à 10 hectares près notre évaluation confirme celle de nos prédécesseurs. En effet, à première vue et faisant un rapprochement entre les surfaces ci-dessus et celle des étangs (685 hectares état actuel) on est en droit de supposer, comparant entre elles les deux surfaces, que la quantité de pluie tombée annuellement et coulant à la surface du sol, doit suffire et au delà à l'emplissage des étangs. C'est une erreur. Car il faut tenir compte de l'absorption des eaux par le sol et de leur évaporation.

Sur les plateaux tout ce qui s'infiltre à travers les terres est irrévocablement perdu pour l'approvisionnement, mais dans les vallées il n'en est pas ainsi, les réservoirs supérieurs, les étangs, dont la cuvette et les digues ne sont jamais complètement étanches, contribuent efficacement à l'augmentation des volumes de liquide qui viennent y sourdre.

Évaluation moyenne de l'alimentation des étangs. — Sous ce titre, nous allons essayer d'établir le rendement annuel moyen des eaux recueillies sur les 15,000 hectares de surfaces versantes composant le service des eaux blanches jusqu'en 1882, époque à laquelle 600 hectares de surfaces versantes furent supprimés sur le canton de Trappes, par suite de la fermeture d'émissaires pratiqués sur l'aqueduc de ce nom. Il est utile, à propos de cette circonstance, de signaler ce fait, car il indique bien le point de départ de la décroissance dans le rendement du volume d'eau emmagasiné, cause qui a amené la crise de 1891.

Pour atteindre ce but, nous nous sommes livré à de nombreuses recherches; et ce que nous avons rencontré s'éloignant le moins de la vérité et se rapprochant le plus de nos observations et de nos expériences, c'est l'extrait que nous avons fait d'un rapport de M. l'ingénieur en chef Vallès, traitant le sujet qui nous intéresse.

Nous lui empruntons ses chiffres, qu'on a eu tort de dire hypothétiques [1], pour servir de base aux appréciations comparatives que nous désirons faire du service des eaux à différentes époques, par rapport aux améliorations dont nous allons plus loin faire l'exposé.

		millimètres
D'après les données de M. l'ingénieur en chef Vallès, la tranche de pluie annuelle serait de............		0.500
La proportion d'infiltration................	0.235	
Le nombre de jours pluvieux étant de 148, l'évaporation à la surface du sol de 1 millimètre par chaque jour de pluie, on aurait encore à déduire	0.145	
Et enfin la quantité d'eau enlevée à la terre, pour les besoins de la végétation.........	0 055	
Total des déductions.......	0.438	0.438
Reste pour les écoulements de surface.............		0.632

« Comparant ce dernier chiffre avec celui de la tranche de pluie « annuelle, on est tenté à première vue, de considérer ce nombre « comme bien faible ; on va voir qu'il est beaucoup trop fort : car en « le multipliant par le nombre de mètres carrés contenus dans les « 15,000 hectares de versants, on trouve 9,300,000 mètres cubes [2] « d'approvisionnement ; de sorte que la capacité des étangs utilisés « aujourd'hui, qui est de 7,971,726 mètres cubes, devrait être am« plement remplie chaque année.

« Or, ce remplissage ne constitue pas l'état normal qui, fort rare« ment arrive à 6,000,000 de mètres cubes ; on est donc obligé de « reconnaître que la tranche de pluie qui forme l'alimentation an« nuelle des étangs n'a réellement qu'une hauteur de 3 à 4 centi« mètres, c'est-à-dire le 1/16 de la hauteur totale.

1. L'hypothèse n'existe plus dans le cas qui nous occupe, puisque les chiffres de M. l'ingénieur Vallès ont été pris dans le domaine où l'expérience, l'observation, l'induction peuvent pénétrer. (*Note de l'Auteur.*)

2. Ce chiffre sera vrai le jour où tous les étangs seront utilisés, les travaux d'amélioration proposés dans ce mémoire, éxécutés.

« Donc, déduction faite de l'évaporation, *une expérience de vingt* « *années* nous apprend que la moyenne des eaux que les étangs « peuvent annuellement recueillir dans l'état où se trouvent les ri- « goles secondaires ne dépasse pas 4,500,000 mètres cubes. »

Revenons sur la supputation de 50 centimètres de pluie annuelle qui représente l'état ordinaire du climat de Paris.

Si, au lieu d'attribuer 1 millimètre de hauteur à la tranche d'eau évaporée à la surface du sol mouillé pour chaque jour de pluie, on augmente cette hauteur du 1/5 de sa valeur, on trouve alors que les écoulements de surface, au lieu d'être représentés par 0m 063 ne le sont plus que par 0m036, ce qui donne 5,400,000 mètres cubes. Ce nombre, diminué des pertes résultant de l'évaporation annuelle à la surface des étangs, reproduit la quantité de 4,500,000 mètres cubes d'eaux blanches, dont *l'expérience* a prouvé qu'on pourrait annuellement disposer.

En résumé, le régime des étangs, dans son état normal comme dans ses écarts, obéit à des règles simples, faciles à comprendre, et dont l'expérience du passé a consacré l'exactitude.

Pour la même étendue de surfaces versantes, la puissance d'alimentation annuelle n'est pas constante pour tous les étangs. — A en croire la tradition, l'alimentation des étangs aurait été autrefois plus abondante qu'elle ne l'est de nos jours. Toutefois, dans nos recherches, nous n'avons jamais trouvé de documents propres à appuyer l'authenticité de ce fait.

En le supposant exact, on ne saurait l'expliquer par une plus grande quantité annuelle de pluie ; c'est le contraire qui est arrivé.

Il pleuvait moins anciennement qu'aujourd'hui : ainsi, la moyenne des 65 années comprises de 1689 à 1754, a été de 456 millimètres, tandis que celles des 35 années comprises de 1806 à 1841, s'élève à 502 millimètres et enfin la période de 1847 à 1890, soit 43 années, de 550 millimètres[1] ; nous sommes loin du chiffre, considéré il y a 30 ans environ (500 millimètres) comme base des calculs qui ont servi à établir le volume d'eau utilisé pour les étangs.

On ne peut donc se rendre compte de ce fait, que par les modifications et les progrès survenus dans les cultures.

Anciennement les forêts couvraient en plus grande partie l'éten-

1. Ces renseignements ont été pris au bureau central de météorologie.

due des 15,000 hectares qui alimentent les étangs, et en outre, un tiers des terres labourables restaient constamment à l'état de jachères : ces deux circonstances amoindrissaient considérablement la faculté absorbante du sol et augmentaient par contre l'écoulement du volume des eaux coulant à la surface ; mais ce qu'il y a de certain, c'est qu'aujourd'hui, les emplissages des étangs de Saint-Hubert, à l'époque des fortes pluies, s'exécutent avec une plus grande facilité que ceux des étangs de Saclay [2], et cependant la capacité des premiers est plus considérable que celle des seconds, et l'étendue des surfaces versantes est double à Saclay de ce qu'elle est à Saint-Hubert ; mais à Saclay tout est culture, tandis qu'à Saint-Hubert un tiers environ du bassin est occupé par des bois[1], et la plaine y est un véritable filtre.

Il convient aussi d'ajouter qu'à ce dernier étang les inclinaisons des surfaces versantes sont sensiblement plus considérables qu'à Saclay. Il est donc certain que sous l'influence d'une même pluie, l'unité de surface versante enverra plus d'eau à Saint-Hubert qu'à Saclay. Dans tous les cas, comme il pleut plus à Rambouillet qu'à Saclay, quoi qu'il arrive, le résultat sera toujours supérieur à celui de Saclay. Quant à Saint-Quentin, il faut le mettre sur la même ligne que Saclay, parce que ces deux localités sont semblables au point de vue de la topographie et de l'état des cultures.

Il n'est pas sans intérêt, dans une question qui a pour but d'introduire ultérieurement des modifications dans le régime des étangs, de préciser par des chiffres des différences qui existent entre les uns et les autres. C'est ce que nous allons faire.

En moyenne, la quantité annuelle d'eau recueillie dans les étangs doit être évaluée à 4,500,000 mètres cubes, déduction faite de l'évaporation sur les nappes liquides. L'étendue des surfaces versantes étant de 15,000 hectares, on voit que l'apport net, fourni par chaque hectare, est de 290 mètres cubes.

D'après ce que nous venons de dire, cet apport sera plus grand que la moyenne pour Saint-Hubert et plus petit pour Saclay et Saint-Quentin. Aussi, en nous appuyant sur des observations qui nous sont personnelles, nous arrivons à substituer au taux moyen

1. Il pleut plus à Rambouillet qu'à Versailles. La chute de l'eau y est de $0^{m},600$ millimètres, quand elle n'est que de $0^{m},552$ millimètres sur les autres arties du service.

de 290 mètres cubes d'eau versée par chaque hectare, les nombres suivants :

Pour l'étang de Saint-Hubert.......... 360 mètres cubes
Pour ceux de Saint Quentin et de Saclay. 265 —

Si on objecte que ces modifications ne sont pas appuyées sur des faits d'une absolue précision, nous répondrons que l'expérience confirme cette donnée.

Améliorations possibles du service des eaux blanches. — Les surfaces versantes de l'étang de Trappes ou de Saint-Quentin, qui étaient autrefois de 2,910 hectares, ne sont plus aujourd'hui que de 2,310. Cette suppression de 600 hectares représentent un volume d'eau d'environ 180,000 mètres cubes. Cette réduction a eu pour objet de supprimer l'introduction dans les aqueducs, des eaux dites folles [1]; notamment dans celui de Trappes, qui conduit à Versailles le produit de la majeure partie des eaux recueillies sur la surface de l'étage supérieur. Ces eaux folles avaient le double inconvénient d'obstruer, par les ravines entraînées par elles, l'écoulement de l'eau dans les aqueducs et de la salir; de lui donner une teinte terreuse désagréable à l'œil et au goût ; d'obliger fréquemment le service des eaux à les évacuer, pour faire disparaître le trouble qu'elles apportaient dans les réservoirs, notamment dans ceux de l'enclos de Gobert. C'est alors que, vivement préoccupé par la perte relativement considérable du volume d'eau distrait pour la consommation, et des conséquences qui pouvaient en résulter, surtout par l'emploi très irrégulier de l'eau de Seine depuis sa contamination, la pensée nous vint, pour rétablir l'équilibre perdu et assurer dans l'avenir l'alimentation de Versailles, de chercher à retrouver dans la partie la plus élevée de l'étage supérieur des étangs, non seulement la surface versante supprimée, mais d'augmenter au moins du double et plus si c'est possible cette surface, en utilisant, par un aménagement bien étudié, le magnifique massif boisé de la forêt de Rambouillet et les plaines qui l'avoisinent; cela permettrait de retrouver une surface versante d'environ 1500 hectares.

Cette région semble le véritable complément d'approvisionnement

1. On appelle eaux folles, le résultat brusque de pluies torrentielles et de fontes de neige.

de la ville de Versailles. Cette annexion aura le double avantage d'assainir la forêt et les plaines environnantes, de recueillir des eaux de qualité supérieure, le sol sur lequel elles s'écoulent formant un véritable filtre.

De plus, les surfaces que nous proposons d'adjoindre au service des eaux sont, en quelque sorte, toutes préparées pour l'objet auquel on les destine; sillonnées qu'elles sont de fossés et vidanges admirablement disposées pour l'emploi qu'on en veut faire.

La deuxième amélioration, dans un autre ordre d'idées, a une importance non moins grande que celle qui précède : car, indépendamment des fossés d'assainissement intérieurs et extérieurs du massif boisé dont il est parlé plus haut, il existe dans les plaines des Hogues, de Vies-Église, du Perray, des Bréviaires et du Mas, un nombre considérable de vidanges ou rigoles de second ordre, dont l'état laisse à désirer. Ces rigoles sont en partie bordées d'accrus, d'arbres et de ronces, qui arrêtent le déversement dans leur lit de l'eau des plaines qu'elles traversent ou bordent; de ce fait, les plaines en question, par les temps pluvieux, se transforment; elles sont couvertes d'une infinité de petits lacs, dont les eaux, par le fait de l'absorption et de l'évaporation, sont perdues pour l'approvisionnement des étangs. Ces vidanges sont généralement affermées aux riverains, à la charge par eux d'entretenir les bords : les ordonnances et les règlements administratifs les y contraignent jusqu'à ce jour, mais rien n'y a fait. L'administration est restée impuissante à faire respecter les règlements ; cela tient surtout à ce que ces bordures boisées servent de remise au gibier, et comme la plupart des fermiers sont tous plus ou moins chasseurs ou braconniers, il a toujours été difficile sinon impossible d'obtenir d'eux quoi que ce soit.

La situation que nous signalons pour le canton de Saint-Hubert existe sur les trois autres cantons, mais dans une proportion moindre ; aussi le dommage y est-il moins considérable.

Pour faire cesser un état de choses que nous avons toujours considéré comme extrêmement nuisible à tous égards à l'aménagement de l'eau, nous avons demandé, à différentes reprises, des crédits spéciaux, mettant ainsi l'administration aux lieu et place des fermiers, pour procéder au déboisement de ces vidanges, principalement de celles qui existent dans le canton de Saint-Hubert; il ne fut jamais donné suite à ces propositions; aussi, nous ne saurions trop attirer l'attention de la nouvelle administration sur cette amélioration.

L'exposé qui précède nous a permis d'établir ce qu'était, il y a une trentaine d'années, le service des eaux blanches. Disons ce qu'il est aujourd'hui dans ses rapports comme surfaces versantes avec la hauteur de pluie tombée et ses moyens d'emmagasinage.

A ce sujet, il nous a paru intéressant de faire un retour sur le passé, et de jeter un regard en arrière, afin de mieux faire ressortir la différence qui existe entre les deux époques.

Dans son ensemble le service des eaux blanches ne paraît pas avoir subi de transformation depuis sa création; cependant les surfaces versantes ont diminué; en outre, par l'installation dans tous les postes de garde d'un observatoire météorologique, on a pu constater une augmentation dans le chiffre de la hauteur de pluie tombée; cette constatation a une importance capitale, au point de vue des calculs auxquels nous sommes obligé de nous livrer; il diffère sensiblement de celui admis par nos prédécesseurs; aussi il permettra de présenter le volume d'eau recueilli par les étangs sous un aspect plus favorable.

Pendant le cours de la période ci-dessus, il a été fait aussi dans le service des eaux blanches de notables améliorations en ce qui concerne principalement l'aménagement intérieur des étangs, notamment à Saint-Hubert et à l'étang de la Tour, où on a ouvert, il y a quelques années seulement, dans les massifs boisés, de nouvelles rigoles qui ont permis, en assainissant la forêt, d'augmenter le volume d'eau emmagasiné. Cette opération a eu pour résultat de recueillir un notable volume d'eau perdu jadis pour la consommation.

Une troisième amélioration résulterait d'un nouvel aménagement de l'étang de la Tour.

En effet, par la configuration du profil en long de son fond, on ne peut prélever sur le cube qu'il contient, qu'une tranche d'eau d'une épaisseur d'environ 78 à 80 centimètres, représentant un cube de 225 à 230,000 mètres cubes, c'est-à-dire un peu plus de la moitié du volume total; soit en chiffre rond, une moyenne de 188,000 mètres immobilisés pour l'alimentation; aussi, insistons-nous tout particulièrement pour qu'un aménagement nouveau soit étudié, de façon à mieux utiliser cet étang. L'étang de Hollande, comme fond, est exactement dans les mêmes conditions que celui de la Tour; le cube d'eau immobilisé s'élève à 50,000 mètres; ce dernier chiffre, additionné à celui de l'étang de la Tour, porte à 238,000, le cube perdu pour l'alimentation; si, à ce chiffre, s'ajoutent les 180.000 mètres supprimés par la fermeture des émissaires de l'aqueduc de Trappes, on atteint en mètres cubes 418,000 qu'il faut songer à retrouver.

Aussi tous nos efforts tendent-ils à attirer l'attention sur l'aménagement du premier étage du service des eaux blanches, pour chercher à obtenir un plus grand volume de rendement pour l'alimentation de Versailles.

Nous croyons possible également d'apporter, dans l'aménagement intérieur des étangs de Saint-Hubert, des améliorations : Ainsi, une seule chaussée des levées intérieures renferme un regard à soupapes, qui met tous les étangs en communication entre eux; de telle sorte que leur régime est extrêmement difficile, surtout lorsque arrive l'époque du faucardage des joncs, litière et petits foins, végétation très importante, ayant deux rôles assignés bien distincts, si on les envisage au point de vue de l'amélioration des eaux; car, tant que cette végétation vit, elle purifie les eaux, mais morte elle les corrompt.

Pour faire cesser un état de choses aussi préjudiable à l'alimentation de Versailles, nous pensons qu'il y a un moyen pratique à employer, qui consiste à transformer les étangs en écluses, ce qui permettrait, à l'époque de l'exploitation des joncs et litières, etc., de baisser alternativement, et à volonté sans perdre d'eau, chacun de ces étangs, laissant ainsi le temps nécessaire pour opérer non seulement le faucardage, mais l'enlèvement des récoltes dans de bonnes conditions; sans craindre, si on y apporte quelque retard, la décomposition de cette végétation, si nuisible à la qualité des eaux.

Le rôle des étangs, notamment ceux de Saint-Hubert, est changé complètement aujourd'hui. Autrefois ils étaient plus affectés aux chasses qu'à l'alimentation de Versailles; leurs eaux étaient plus particulièrement utilisées pour l'agrément des parcs de Versailles et de Trianon. Depuis longtemps, d'agrément qu'ils étaient, ces étangs sont devenus d'utilité publique, de véritables réservoirs; aussi, il faut à tout prix les entretenir et les considérer comme tels. Tous les efforts du service des eaux doivent être dirigés dans ce but, car, nous le répétons, le plateau où ils existent est la véritable source d'approvisionnement pour la ville de Versailles.

Nous considérons également, comme très important au point de vue de la qualité des eaux, de modifier les prises d'eau de départ des étangs du Perray, Saint-Hubert, Mesnil-Saint-Denis et Trappes surtout, dont on pourrait mieux utiliser la rigole de pourtour, le petit-lit de rivière.

L'établissement d'un filtre au départ des eaux de l'étang de Trappes s'impose également.

Il importe aussi de saisir toutes les occasions propices pour aveugler les trous de renard [1], qu'on rencontre trop fréquemment dans le plafond de l'étang de Trappes ; mais cette opération doit être faite dans des conditions différentes de celles employées jusqu'à ce jour. Nous insistons sur l'urgence de cette opération, car des expériences réitérées nous ont fait constater une perte d'eau considérable par leur orifice.

Nous demandons encore un examen plus sérieux, plus approfondi, des causes qui ont provoqué la mise à sec des étangs de Bois-Robert et Bois-d'Arcy ; Bois-Robert surtout, appelé improprement étang, est un magnifique réservoir entouré de murs ou perrés. S'il est utilisé de nouveau, il est indispensable de boiser ses banquettes Ouest et Nord-Ouest, en bois taillis et arbres de ligne.

L'utilisation des étangs de Bois-d'Arcy et Bois-Robert comme réserves, celle non moins importante de l'étang de Pré-clos placé à l'étage inférieur du système des étangs, constitueraient une augmentation d'emmagasinage d'environ 900,000 mètres cubes, représentant l'alimentation de Versailles pendant trois mois.

On a adressé deux reproches aux étangs :

1° Celui d'être insalubres; 2° celui d'enlever à l'agriculture des surfaces considérables. Nous allons les examiner :

Insalubrité des étangs. — C'est surtout contre l'étang de Trappes ou de Saint-Quentin que les appréhensions relatives à l'insalubrité se sont fait jour.

1. On appelle trou de renard, une excavation au fond de laquelle se trouvent réunis une série de trous, rappelant, par leurs dispositions et leur forme, la poêle à griller les marrons. Ils se manifestent à des profondeurs variant de 1 mètre à 5 mètres au-dessous du plafond des étangs.

On ne saurait nier que la disposition des lieux autour de cet étang ne peut qu'accréditer l'opinion qu'il est, pour les localités voisines, une cause d'insalubrité : ses bords sont plats, la largeur de la bande du terrain est couverte ou découverte, suivant que l'état du niveau des eaux a de l'importance. Il résulte de nos renseignements personnels et de ceux qui nous ont été fournis, que la surface de terrain sur laquelle s'exercent les alternatives d'humidité et de sécheresse est bien d'environ 90 hectares.

Il n'est guère possible que cette vaste étendue ne devienne pas, en certaines saisons, un danger pour la santé publique. Heureusement, les plateaux ne sont pas exposés aux chaleurs torrides du midi de la France; plus heureusement encore, la population est assez clairsemée autour de l'étang. Le village de Trappes, qui en est le plus rapproché (1 kilomètre environ) compte 949 âmes de population.

Après Trappes, la localité la plus voisine est le village de Bois-d'Arcy de 484 habitants, qui est éloigné dans la direction Nord d'environ 2 kilomètres.

On trouve enfin dans le rumb Nord-Est, par rapport à l'étang et à 3 kilomètres de distance, le village et l'établissement de Saint-Cyr, dont la population est de 2,300 âmes.

En résumé, dans un rayon de 3 kilomètres autour de l'étang, la population ne dépasse pas 4,000 âmes. Nous avons dit que, par la disposition naturelle des lieux, l'étang de Trappes ou de Saint-Quentin doit être considéré comme insalubre.

Mais ainsi que nous l'avons fait remarquer, « l'absence de chaleurs intenses et surtout prolongées dans le pays doit contribuer à diminuer, dans une proportion assez notable, les effets de cette insalubrité. La faible densité de la population, la dissémination des bâtiments sont aussi un obstacle très efficace à la propagation des influences épidémiques ; car on n'ignore pas que c'est surtout à l'agglomération des habitants sur des étendues restreintes qu'il faut attribuer le grand développement que prennent les maladies qui revêtent ce caractère et la mortalité qui en est la conséquence.

« Il semble en vérité que les miasmes impurs, en subissant l'élaboration de l'organisme humain, deviennent encore plus toxiques.

« A côté de ces causes générales, il en existe de particulières qui contribuent aussi à l'atténuation des effets morbides.

« Ainsi le village de Trappes, situé au Midi de l'étang, échappe à l'influence des vents du Sud-Ouest, les plus dominants dans la contrée; ceux-ci traversent le village avant de souffler sur la surface des eaux stagnantes.

« Bois-d'Arcy n'est guère atteint que par les vents du Sud dont la fréquence est relativement faible. D'ailleurs, ce village est entouré à l'Ouest et au Nord par des bois, et l'on sait que le feuillage a la propriété d'absorber et de décomposer, dans l'accomplissement des actes qui accompagnent la vie végétale, les émanations organiques, en s'appropriant en majeure partie les éléments charbonneux si favorables à la plante et si nuisibles à l'homme et aux animaux.

« Enfin, la position topographique de Saint-Cyr, établi sur les plans inclinés qui réunissent les plateaux supérieurs, où sont situés les étangs, avec la plaine basse qui s'étend à l'Ouest de Versailles, fait que ce village, quoique placé dans la direction du Sud-Ouest par rapport à l'étang de Saint-Quentin, se trouve protégé par les revers mêmes contre lesquels il est adossé. Les vents venant du côté des étangs lui sont supérieurs; ils passent sur le village, ne le frappent pas directement et n'exercent sur lui que des actions latérales et par conséquent affaiblies. La différence des altitudes le prouve du reste: le plateau de Trappes est à la cote 164; Saint-Cyr, 121; différence, 43 mètres.

« Tout en reconnaissant donc qu'il y a des causes d'insalubrité à l'étang de Saint-Quentin, et qu'il est utile de les faire disparaître, quand ce ne serait que pour calmer ce qu'il peut y avoir d'excessif dans les appréhensions populaires, il convient de reconnaître aussi que ces causes sont loin d'avoir toute l'activité, tout le développement qu'elles pourraient prendre dans d'autres climats, et qu'il existe dans le pays, s'il est permis de nous exprimer ainsi, une série de circonstances atténuantes qui arrêtent le progrès du mal et le maintiennent dans des limites assez modérées.

« Nous n'en voulons pour preuve, et elle est à notre avis des plus concluantes, que les conséquences à déduire des renseignements statistiques cités par S. Exc. M. le ministre de la Guerre, dans le rapport qu'il a adressé le 28 janvier 1863 à l'Empereur, au sujet de la récente épidémie de Saint-Cyr.

« Lorsque en effet on vient à constater que dans un intervalle de onze années compris de 1852 à 1862, sur un personnel de

3,000 jeunes gens, il n'y a eu que 16 décès survenus à l'École, et que 10 seulement ont eu pour cause des affections typhoïdes, et cela dans le lieu même le plus propre à développer l'invasion du mal par suite de l'agglomération exceptionnelle des individus, il n'est pas possible de dire que cette localité soit soumise aux influences d'une insalubrité générale, permanente, constitutive ; on a seulement trouvé là, accidentellement, et sur une moindre échelle peut être, ce qui s'est produit sur tant d'autres localités mentionnées dans le rapport du ministre [1] » :

« L'épidémie qui a si inopinément et si cruellement sévi sur « l'école de Saint-Cyr en décembre 1862 et janvier 1863 a été une « nouvelle occasion de signaler à l'attention publique l'insalubrité « de l'étang de Saint-Quentin.

« Invité par le ministre de la maison de l'Empereur à ex- « primer notre opinion sur les causes auxquelles il paraissait « raisonnable d'attribuer cette épidémie, nous nous sommes scru- « puleusement informés de tout ce qui s'est produit dans le pays « à cette époque; nous avons procédé, soit par nous-mêmes, soit « par nos agents, à des enquêtes minutieuses et nous avons acquis « la conviction que, dans cette circonstance, l'étang de Saint-Quen- « tin devait être complètement hors de cause ; que des influences « toutes particulières avaient seules agi, et qu'il n'y a eu, dans les « faits dont nous nous occupons, aucun caractère de généralité.

« Ainsi, à Trappes, pas de fièvre typhoïde.

« A Bois-d'Arcy, pas davantage.

« A Saint-Cyr, dans le village, deux ou trois cas seulement, sur « lesquels le doute est permis; car, affirmés par les médecins de « l'école, ils ont été énergiquement contredits en notre présence « par l'autorité municipale.

« Il est donc bien constant qu'en dehors de l'établissement, ou « tout au moins de son voisinage le plus immédiat, il n'y a rien eu, « absolument rien ; que lui seul a été frappé, que tout s'est con- « centré dans ses murs.

1. Il résulte des chiffres indiqués dans le rapport de M. le ministre de la Guerre que le danger annuel de mort à Saint-Cyr ne serait que de $\frac{16}{3.000}$, soit 0,0053. Or, il n'y a pas de table de mortalité qui n'accuse pour la moyenne de la France un danger plus grand. D'après Demonfevraud, ce danger pour les jeunes gens de 19 ans serait mesuré par la fraction 0,0079 qui dépasse la précédente de moitié en sus.

« La conséquence de ces faits nous paraît inévitable; et, par ce « que nous devons surtout chercher à apprécier les causes par « leurs effets, comment se refuserait-on à comprendre que, pour « expliquer des effets si singulièrement localisés, il faut nécessai- « rement recourir à des causes locales comme eux? »

Il semble impossible d'admettre, si l'on voulait recourir à des considérations d'ordre général et faire remonter, par exemple, jusqu'à l'étang de Saint-Quentin la source du mal, il semble, disons-nous, impossible d'admettre que ni Trappes, ni Bois-d'Arcy, ni le village de Saint-Cyr, ni les fermes avoisinantes, de Bouviers, Trou, etc. eussent pu échapper aux atteintes du fléau.

D'ailleurs, on le sait, la première et la plus essentielle condition d'insalubrité pour les étangs à bords plats, ce sont les alternances de niveau des eaux sur leurs bords; ce sont les passages de l'état sec à l'état humide produit dans des circonstances de température élevée.

L'étang de Bois-Robert ne se trouve pas dans ces conditions. C'est un réservoir. A part un seul de ses côtés dont le mur a été démoli et remplacé par un talus très incliné, on peut facilement rétablir l'ancien état de choses par un mur en gazon. Du fait de ce travail, on supprimerait les plages qui seules peuvent causer un dommage. On ne saurait donc attribuer l'épidémie qui a frappé Saint-Cyr à d'autres causes que celles qui ont leur raison d'être, soit dans l'établissement même, soit dans son voisinage le plus immédiat.

En effet, à l'appui des appréciations ci-dessus, nous joignons encore le résultat des recherches auxquelles nous nous sommes livrés, alors que nous nous occupions, c'était en 1884, d'un projet d'alimentation par l'étang de Trappes, de l'école de Saint-Cyr et de son assainissement. L'étude de ce projet avait été provoquée par nous, et des ordres nous avaient été donnés, par l'autorité militaire, d'avoir à mettre à sec l'étang de Bois-Robert, qui, d'après les rapports des médecins de l'école, occasionnait des indispositions, voir même des maladies, qu'on attribuait à la présence de l'eau dans cet étang.

Pour répondre à la mise en demeure adressée à la direction des eaux, nous fûmes chargés de rédiger un rapport pour éclairer l'administration sur cette question; notre mise à la retraite ne nous a pas permis de continuer les études nécessaires pour établir notre rapport, mais la question sanitaire a été suffisamment traitée pour démontrer par des faits, que la présence de l'eau dans l'étang de Bois-Robert était absolument étrangère aux indispositions et aux maladies que le rapport médical mentionnait.

C'est alors, autorisé par le général Deffis, commandant de l'école de Saint-Cyr à cette époque, que nous fîmes les recherches nécessaires pour prouver que le séjour de l'eau dans l'étang en question n'avait pas l'influence qu'on lui prêtait sur l'état sanitaire de l'école et qu'il fallait l'attribuer à des causes autres que celles invoquées dans le rapport des médecins.

L'étang de Bois-Robert est de 43 mètres plus élevé que les cours de l'école, et sa distance du centre des bâtiments est, à vol d'oiseau, d'environ un kilomètre.

Une visite de l'école dans ses moindres détails, celle de ses aqueducs et caniveaux d'assainissement, nous ont de suite fixé sur une des causes premières de l'apparition des maladies épidémiques qu'on a eu à déplorer dans son centre.

Un deuxième examen, non moins minutieux, autour des murs de clôture de l'école, des rues qui l'avoisinent, nous a permis de constater encore que les causes de maladies à Saint-Cyr étaient toutes locales. Le Conseil d'hygiène pourrait d'ailleurs reprendre l'examen de cette question, et nous ne doutons pas qu'il serait de notre avis.

Le deuxième examen mentionné ci-dessus a consisté d'abord à opérer 60 sondages dans le sol de l'école, sur l'emplacement des caniveaux et celui des rues qui l'entourent ; cette opération a permis de constater que, jusqu'à une profondeur de $0^m,70$, et même jusqu'à un mètre, le sol était contaminé : il présentait à la vue l'aspect d'une boue noire et infecte ; nous avons demandé alors à M. Rabot, pharmacien-légiste et vice-président du Conseil d'hygiène du département de Seine-et-Oise, de faire l'analyse des échantillons de vase et d'eaux infectes que nous avions recueillies dans les ruisseaux et caniveaux de l'intérieur et de l'extérieur de l'école, en y joignant deux échantillons d'eau puisée dans l'étang de Bois-Robert.

Voici le résultat de ces analyses :

« Analyses de deux échantillons d'eau pris dans l'étang de « Bois-Robert, l'un a l'arrivée de l'eau sous la voute de l'étang « de Bois-d'Arcy, l'autre dans le carré des soupapes de cet étang.

« *Ces analyses ne révèlent aucune cause d'insalubrité pouvant être « attribuée directement soit à l'eau, soit à la vase de l'étang de Bois- « Robert.*

« ANALYSES D'EAUX INFECTES ET DE DÉPÔTS VASEUX, PROVENANT DES « RUISSEAUX ET CANIVEAUX DE L'ÉCOLE MILITAIRE DE SAINT-CYR :

« *De ces caractères, nous concluons :*

« 1° *Que tous ces échantillons de vases contiennent du purin, des « urines, des eaux ménagères.*

« 2° *Que ces vases en putréfaction, constituent autour de l'école « de Saint-Cyr un cordon d'infection qu'il est urgent de faire dispa- « raître.* »

Ces conclusions se passent de commentaires. Elles viennent à l'appui de l'opinion que nous n'avons jamais cessé d'émettre, que la présence de l'eau dans l'étang de Bois-Robert ne pouvait apporter aucun trouble dans l'état sanitaire de l'école de Saint-Cyr; les causes infectieuses étant toutes locales, elles existent dans l'école même et ses environs.

L'importance que nous attachons au rétablissement de l'étang de Bois-Robert comme réservoir, de celui de Bois-d'Arcy comme retenue, le désir que nous éprouvons de voir trancher au profit du service des eaux de Versailles et de la ville qu'il dessert, une question pendante depuis nombre d'années, nous a mis dans l'obligation d'entrer dans des détails, des descriptions un peu longues peut-être, mais indispensables pour bien faire apprécier le dommage que cause à la ville de Versailles la suppression de ces étangs.

Il nous reste à examiner : 1° l'utilité de la végétation sur les bords d'étangs; 2° l'influence des étangs sur les terrains de culture qui les entourent.

1° *De la végétation sur les bords d'étangs.* — Au point de vue sanitaire, des plantations sont indispensables. Elles doivent être de deux sortes, suivant l'observation d'agronomes distingués :

Les plantations basses, touffues, opposent une barrière très efficace aux émanations marécageuses, parce qu'elles opèrent la décomposition des miasmes putrides. Les essences à adopter sont précisément celles qui se plaisent le mieux dans le voisinage des eaux : l'aune, le saule blanc, etc.

Les plantations hautes, composées de peupliers ordinaires, de peupliers de la Caroline, de frênes, convenablement orientés, produisent aussi de très heureux effets, parce qu'elles préviennent l'échauffement des bords en y projetant leur ombre.

2° *L'influence des étangs sur les terrains qui les entourent.* — Cette influence est de premier ordre, car on peut affirmer que si les étangs et rigoles n'assainissaient pas les plaines, les terrains qui les entourent risqueraient fort de retourner à l'état de marécages qu'ils avaient avant la création du service des eaux. Ils constituent un drainage à ciel ouvert qui a causé la richesse des plaines qu'il assainit. Si 682 hectares sont aujourd'hui occupés par les étangs et retenues, l'influence bienfaisante de ces étangs et rigoles s'étend sur la totalité de 15,000 hectares de surfaces versantes qui alimentent les étangs.

Si le service des eaux venait à abandonner, pour l'alimentation, les rigoles et étangs qui nous entourent, il faudrait les entretenir dans l'intérêt de l'agriculture.

De tout ce que nous venons d'exposer, il résulte que jusqu'en 1882, les surfaces versantes étant de 15,000 hectares, le rendement a pu être estimé à 4,500,000 mètres cubes.

De 1882 à 1890, à cause de la suppression de 600 hectares de surfaces versantes, le rendement a été réduit à 4,300,000 mètres cubes. Si maintenant, on exécutait toutes les améliorations que nous avons indiquées, et surtout si on ajoutait les 1,500 hectares boisés de la forêt de Rambouillet, qui forment une source d'alimentation de premier ordre, en même temps qu'on rétablirait les étangs et réservoirs supprimés, le rendement total pourrait s'élever à 8,904,000 mètres cubes, ce qui doublerait l'importance de l'alimentation par les eaux blanches, et assurerait pour l'avenir la sécurité de la ville.

IV. — Service des eaux de sources dites de Colbert. — Au système des étangs et rigoles, sous Louis XIV, Colbert fit ajouter un service des eaux de sources captées dans Versailles et ses environs.

Ce service se compose encore :

1° Des sources de la plaine du Trou-d'Enfer, de Bailly et de Vauluceaux ;

2° De celles de Roquencourt, du Chesnay et de la plaine des Fonds-Maréchaux.

Leur aménagement comprend :

1° Un système d'aqueducs souterrains, d'un développement de 9,149 mètres ;

2° Un système de conduites en fonte, grès, voire même en bois, d'une longueur de 8,182 mètres.

Par sa situation topographique et ses différences d'altitudes, ce service forme deux étages. Il est séparé du service des eaux blanches par la vallée de Gally, bordée au midi, par les coteaux de Saint-Cyr et de Bois-d'Arcy ; Au nord, par la forêt de Marly.

Le premier étage est composé exclusivement d'aqueducs situés dans la plaine du Trou-d'Enfer, à l'altitude de 175 mètres. Le captage des sources a été opéré à une profondeur de 25 à 27 mètres.

D'autres aqueducs, dans la plaine de Bailly, sont situés au pied du coteau dominé par la plaine du Trou-d'Enfer. Ils sont à l'altitude de 142 mètres. Le captage de leurs sources a été opéré à une profondeur variant de 5 à 7 mètres.

Les travaux de captage de ces sources méritent une mention spéciale.

Les premières recherches furent faites dans la plaine de Bailly, au pied du versant dominé par la plaine du Trou-d'Enfer.

Les secondes, dans la plaine du Trou-d'Enfer.

Les galeries souterraines de ces deux aqueducs déversent leurs eaux dans une vaste chambre de réunion, au centre de laquelle se trouve une cuvette de réception. Cette chambre, d'où partent les eaux dirigées sur le Chesnay et Versailles, est voisine du poste du fontainier.

La hauteur sous clef des aqueducs de Bailly varie entre 1ᵐ10 et 1ᵐ30. Les constructions reposent en partie sur des traverses en chêne recouvertes de plates-formes formant gril.

A l'encontre de ceux de Bailly, les aqueducs du Trou-d'Enfer ont été, en égard à la surélévation du sol, construits souterrainement en cheminement, à une profondeur variant de 25 à 27 mètres. Ces aqueducs affectent, dans leur mode de construction, un aspect monumental. Leur hauteur sous clef est de 1ᵐ60 à 2ᵐ30, avec fondation en pierre de taille sur une hauteur de 0ᵐ60 à 0ᵐ80. Des chaînes en pierres appareillées maintiennent les constructions.

Le rendement de ces sources a dû être relativement considérable autrefois, il est presque insignifiant aujourd'hui.

Le deuxième étage, comme aménagement, se compose d'aqueducs et de diverses sortes de tuyaux.

Ces aqueducs et tuyaux sillonnent en tous sens, les plaines mentionnées ci-dessus : dans la plaine de Bailly, à la cote 138 mètres, dans celle de Chèvreloup, à la cote 140 mètres, dans celle de Roquencourt, à la cote $138^{m},50$, dans celle du Chesnay, à la cote 135 mètres, et enfin dans la plaine des Fonds-Maréchaux, située au pied du versant du bois des Hubies, à la cote 139 mètres.

La profondeur de ces aqueducs varie entre 4 et 6 mètres, celle des tuyaux entre 2 à 4 mètres.

Le développement et les dimensions des aqueducs du Trou-d'Enfer et de Bailly montrent l'importance qu'on attachait autrefois à la captation des eaux de cette région N. O. de Versailles. Quoique, pendant trente années nous ayons constaté que leur rendement était fort irrégulier, nous ne doutons pas que sur la couche d'argile plastique qui est à 27 mètres au Trou-d'Enfer, et que sur les sables bouillants qui sont à 5 ou 6 mètres à Bailly, il existe une nappe analogue ou identique à celle des puits de Marly ou du Vésinet, ou des poches importantes à rechercher. Parfois nous avons vu les aqueducs envahis subitement par les eaux, la cuvette de distribution submergée de $0^{m},80$ à 1 mètre, puis le courant normal se rétablir pendant un ou deux mois. Des sondages nous ont prouvé qu'il y avait là une source d'alimentation trop négligée, mais qu'il nous serait impossible d'apprécier en chiffres. De nouvelles recherches sont nécessaires ; nous ne saurions trop les recommander ; car elles pourraient conduire à une solution imprévue et complète par l'alimentation de Versailles.

Les services du Trou-d'Enfer et de Bailly aboutissent à la chambre de réunion près du poste du fontainier de la forêt de Marly, et dans la chambre de la plaine de Chèvreloup, près le poste de la gendarmerie, d'où partent les conduites destinées à l'alimentation de sept fontaines publiques, recevant exclusivement de l'eau de source.

Ces fontaines sont réparties ainsi, dans la ville de Versailles :

Quatre dans le quartier Notre-Dame et trois dans le quartier Saint-Louis.

Ces fontaines, si leur destination n'a pas été modifiée, sont situées, quartier Notre-Dame :

La 1re rue de Beauvau ;

2e Angle de la rue des Réservoirs et du boulevard de la Reine ;

3e Rue des Réservoirs, en face l'hôtel de ce nom ;

4e Place Hoche, en face l'hôtel des Réservoirs ;

5e Angle des rues de la Chancellerie et de Gravelle ;

6e Fontaine monumentale des Quatre-Bornes, rue Satory ;

7e Fontaine monumentale, place Saint-Louis.

Il existait autrefois un certain nombre de concessions (60 *environ*), alimentées par le service des eaux de sources, mais le manque de pression les a fait supprimer pour les remplacer par le service général des réservoirs de Montbauron.

Améliorations. — Voyons le parti qu'on peut tirer de ce service, délaissé depuis longtemps et considéré à tort comme une quantité négligeable, quand, au contraire, rien ne doit être négligé pour arriver à nous passer d'eau de Seine à Versailles. Si ce service a perdu de son importance, c'est parce qu'il a été abandonné. C'est au moins un auxiliaire précieux eu égard aux circonstances.

Un jaugeage fait par nous en 1875, nous a appris que le rendement des sources, malgré le mauvais état du service, donnait encore par 24 heures, un volume d'eau d'environ 120 mètres cubes et celui perdu pour la consommation de 130 mètres, soit donc, par an 91,250 mètres cubes d'eau *bonne à boire*, d'excellente qualité.

En nous appuyant sur les faits énoncés ci-dessus, nous considérons donc comme utiles les améliorations suivantes :

D'abord : rechercher les sources de la plaine du Trou-d'Enfer et de Bailly, ensuite aménager l'eau qui s'écoule en superficie de la chambre de réunion située à peu de distance de l'avenue du Chesnay et perdue pour la consommation ; puis l'utilisation de l'excédent des eaux qui alimente deux lavoirs : l'un situé sur la commune de Roquencourt, l'autre sur la commune du Chesnay, volume d'eau complètement perdu aussi pour la consommation.

Il y a encore l'aménagement des puits de la Reine ; et enfin, une opération qui donnerait de bons résultats serait le drainage des plaines du Chesnay et des Fonds-Maréchaux qui permettrait de recueillir toutes les eaux de fuites des conduites et des aqueducs, indépendamment de celles de la plaine, de telle sorte que rien ne serait perdu des sources captées au début de la création de ce service.

Nous le répétons en nous résumant, les eaux de sources du N.-O. de Versailles constituent pour la ville et la commune du Chesnay une alimentation d'eau de bonne qualité dont le rendement peut, sans nul doute, être augmenté dans de notables proportions, et exercer une influence considérable sur le développement si intéressant de cette région.

V. — Service intérieur de Versailles, ses réserves et la nécessité de leur augmentation. — En première ligne, il importerait d'exécuter complètement le projet de Vauban, en utilisant la forme qui existe encore aujourd'hui, des deux réservoirs de Montbauron, qui font suite aux deux réservoirs actuellement en usage, ce qui constituerait une augmentation de 115,000 mètres cubes.

Nous demandons encore le rétablissement et l'utilisation, comme autrefois, du réservoir de la plaine de Chèvreloup, dont la capacité est d'environ 42,000 mètres cubes (1).

L'utilisation, pour le service de la ville, des deux réservoirs jusqu'à présent réservés pour le service du parc et le jeu des eaux.

Ces réservoirs sont : l'un le château d'eau, l'autre le réservoir de l'aile. Quoique d'une capacité de peu d'importance (7,000 mètres cubes), ils pourraient, dans un moment de presse, grossir le volume d'approvisionnement de la ville.

La pièce d'eau des Suisses, réservoir. — Sous ce titre, nous pensons également qu'un aménagement spécial qui y serait affecté, serait une amélioration importante à étudier. En effet, les sources de cette pièce d'eau produisent une moyenne de 120 mètres cubes par 24 heures, c'est-à-dire une perte sèche pour la consommation de 120,000 litres. Le volume de ces sources pourrait également, il nous semble, être augmenté en utilisant celles d'affleurement qui entourent cette partie de la pièce d'eau, en procédant au drainage

1. Le réservoir de Chèvreloup a fait partie autrefois du service des eaux de source, leur insuffisance l'a fait abandonner. C'est alors qu'on a établi de Montbauron une conduite spéciale dite de Chèvreloup, pour son alimentation. Ce service ne fonctionne plus depuis longtemps. L'alimentation de Trianon, autrefois faites par ce réservoir, l'est aujourd'hui par la conduite. Dans un regard situé dans la pépinière de Chèvreloup se trouve la nouvelle prise d'eau.

de l'hémycicle, sur le versant duquel est placée la statue du cavalier Bernin et le pied du versant qui longe la plaine du Mail très humide elle-même. La connaissance que nous avons de ce terrain nous permet de ne pas douter du résultat.

Notre but étant de signaler tous les points du service des eaux susceptibles d'être utilisés, nous nous empressons d'attirer l'attention de qui de droit sur ce dernier.

L'aménagement spécial de la pièce d'eau des Suisses deviendrait facilement un auxiliaire important au service intérieur de la ville. On pourrait prélever sur sa surface, et cela sans nuire à l'hygiène publique, une tranche d'eau variant de 20 à 30 centimètres d'épaisseur, dont le produit serait de 26,000 à 39,000 mètres cubes. Elle a déjà servi à l'alimentation de la ville pendant la construction de la nouvelle machine de Marly. Une machine élévatoire permettrait de distribuer en ville l'eau de cette pièce d'eau transformée en réservoir.

Le moment est venu de penser sérieusement à l'avenir.

Versailles tend tous les jours à s'étendre : ses besoins croissent en raison de l'augmentation de sa population et de la création de ses nouvelles voies. La ville peut brusquement devenir un camp retranché important, il faut de toute nécessité et par tous les moyens possibles, augmenter ses ressources en utilisant toutes celles dont dispose le service des Eaux, quelque importance qu'elles aient; aussi nous semble-t-il opportun de donner à la pièce d'eau des Suisses une destination autre que celle qu'elle a aujourd'hui, c'est-à-dire, de pièce d'agrément qu'elle est, en faire un réservoir.

Pour obtenir la transformation de cette pièce d'eau, il est nécessaire d'exécuter certains travaux d'amélioration.

Ces améliorations sont de deux sortes :

La première consisterait dans le curage partiel de ses bords sur une largeur d'environ 25 à 30 mètres; dans l'élargissement de son pourtour sur une largeur de 2 mètres;

La deuxième, dans l'approfondissement de ses bords, de façon à donner au pied du talus de ses berges une profondeur constante de $0^{m},60$ centimètres, de telle sorte que ses plages malsaines, recouvertes ordinairement d'une très mince épaisseur d'eau, disparaîtraient et seraient remplacées par la tranche d'eau préservatrice que nous proposons.

L'emprise dont nous parlons aurait pour point de départ le pied du talus actuel, elle élargirait le pourtour de la pièce d'eau des Suisses de 2 mètres et augmenterait le volume d'eau de 3,200 mètres cubes. Outre ce résultat, cette opération permettrait de raviver les berges de cette pièce d'eau et de débarrasser ses abords des herbes aquatiques qui les encombrent et qui, par la température élevée de l'été, se dessèchent et meurent.

Ces herbes, en se décomposant, forment des dépôts infectieux qui dégagent, à certaines époques de l'année, des émanations délétères.

Cette opération permettrait au service des Eaux de prélever sans danger pour la santé publique, une tranche d'eau supérieure de $0^m,20$ à celle de $0^m,30$ qu'on peut prélever aujourd'hui, soit $0^m,50$ qui élèverait le cube utilisable à 65,000 mètres cubes, au lieu de 43,800 mètres avec l'évaluation première.

Bon an, mal an, les sources de la pièce d'eau des Suisses produisent 43,800 mètres cubes, qui sont une perte sèche pour la ville, si on y ajoute les 91,250 mètres des sources de Colbert également perdues, on arrive au chiffre respectable de 134,450 mètres par année, d'eau utilisable.

Revenons au service intérieur de la vill

Nous pensons que pour assurer d'une façon régulière le service intérieur de Versailles en général et en particulier celui des établissements militaires, il serait indispensable d'établir dans chaque caserne un réservoir d'approvisionnement, d'une capacité telle qu'il puisse suffire non seulement à la dépense quotidienne, mais encore pour une période d'au moins huit jours par exemple, afin de faire face aux exigences de ces établissements en cas d'incendie ou de réparations.

Nous pouvons signaler encore une amélioration dans l'aménagement des eaux de la ville, qui intéresse particulièrement les hauteurs de Clagny. Ce serait la mise à exécution d'un projet que nous avons étudié en 1879 (il y a treize ans), qui consiste à établir sur le sommet du plateau des Deux-Moulins, à la cote 185, et sur le terrain domanial, deux réservoirs en tôle d'une capacité de 200 mètres chacun, leur alimentation serait prise dans le réservoir de Picardie près duquel on installerait dans le bâtiment renfermant les anciens filtres, le moteur à vapeur qui servait autrefois à élever l'eau de l'étang de Chalais sur les terrasses du château de Meudon.

Cette installation a pour but, en augmentant les réserves de la ville, d'apporter une amélioration notable dans la distribution de cette région et d'aider au développement du quartier de Clagny et du plateau de Jardy. A cause de leur élévation, ces réservoirs pourraient être utilisés en ville partout où besoin serait.

Réserves d'alimentation de la ville. — Le service des eaux dispose aujourd'hui, pour la ville, de cinq réservoirs et pour les parcs de trois.

Voici leur capacité :

POUR LA VILLE.		POUR LES PARCS.	
Le réservoir de Picardie......	13,232m	Le réservoir du Château-d'Eau..	1,138m
Les réservoirs de Montbauron..	115,783	Le réservoir de l'Aile..........	5,877
Les réservoirs de Gobert.....	45,227	Le reservoir de Trèfle à Trianon.	11,614
Total................	174,240	Total................	18,679

En temps ordinaire, l'approvisionnement dans les conditions où il existe aujourd'hui, n'assure le service que pour une durée de 19 jours environ ; c'est court, trop court, comme on s'en aperçoit par les grandes sécheresses ou les hivers rigoureux, aussi avons-nous toujours pensé à mieux utiliser toutes les ressources dont dispose le service des Eaux, et à rechercher toutes les améliorations possibles ; nous ne doutons pas qu'on en trouve d'autres, mais pour cela il faut s'en occuper.

Il y a longtemps que nous avons songé à utiliser les sources de la pièce d'eau des Suisses, la forme des deux réservoirs de Montbauron, le réservoir de Chèvreloup, les réservoirs du Château-d'Eau et de l'aile ; à créer deux réservoirs à la Butte-des-Moulins.

La capacité de ces nouvelles réserves serait :

	mètres cubes
Les deux réservoirs de Montbauron.............	115.000
Le réservoir de Chèvreloup....	42.000
Le réservoir du Château......................	1.188
Les reservoirs de l'Aile.......................	5.877
La pièce d'eau des Suisses.	65.800
Les deux réservoirs de la Butte-des-Moulins......	400
Total.........	229.465
En l'additionnant aux réserves actuelles.........	192.921
le total général des reserves serait de......	422.386

qui assurerait l'alimentation de la ville pendant 42 jours, au lieu de 19 que représente l'état actuel, ce qui permettrait de supporter sans dommage les arrêts accidentels du service. Comme il y a des précédents, nous ne saurions trop insister.

Conclusions. — *L'infection croissante de la Seine, les dangers qu'elle peut faire courir à la santé publique, oblige à rechercher les moyens d'alimenter Versailles en laissant de côté dès qu'on le pourra toute prise d'eau dans ce fleuve. Aussi, avons-nous cherché à améliorer le service actuel, en augmentant le rendement de ses diverses sources et de ses réserves, ainsi que la qualité de ses eaux. Il nous reste à résumer les diverses indications de notre travail.*

D'abord, l'eau puisée actuellement à Marly pourrait être améliorée par l'installation d'un ou plusieurs filtres et d'un réservoir de décantation à l'arrivée de ces eaux dans l'enclos des réservoirs des Deux-Portes.

La suppression des coquillages dans l'aqueduc qui va de ces réservoirs à Picardie, l'aération de cet aqueduc amélioraient encore la qualité des eaux qu'on amène.

Le rendement des puits de Marly, sur la rive gauche du fleuve, est notablement insuffisant. Un ou plusieurs puits sur la rive droite, comme le démontre le puits du Vésinet qui débite 4,000 mètres cubes par jour, donneraient un meilleur résultat ; ou mieux encore on pourrait capter les deux sources situées dans l'île contiguë à la machine de Marly, qui ont été aveuglées lors de l'élargissement de l'écluse de Bougival. Leur produit constaté était de 500 mètres cubes par heure, ou 12,000 mètres cubes par jour !

Un des réservoirs des Deux-Portes pourrait être exclusivement affecté au service des eaux de sources de Marly, une conduite spéciale dans l'aqueduc les amènerait à Versailles.

Le service des eaux blanches d'étangs et de ses retenues, est également susceptible d'améliorations importantes :

L'augmentation par 1,500 hectares pris dans la forêt de Rambouillet, des surfaces versantes du premier étage du service des eaux blanches, est une des premières ; car l'eau qui en proviendrait et qui est actuellement perdue est abondante et de qualité supérieure.

Les vidanges ou rigoles secondaires déboisées, principalement sur le canton de Saint-Hubert, faciliterait l'écoulement de l'eau des plaines qu'elles assainissent et augmenterait notablement l'emplissage des étangs.

Un aménagement nouveau des étangs de Saint-Hubert, véritables sources de l'étage supérieur, faciliterait avantageusement leur régime. Il suffirait d'installer un système de vannes au centre de chaque levée, qui intercepterait leur communication et favoriserait le faucardage des jones et litières et en général le bon entretien de ces réservoirs.

Les prises d'eau des étangs du Perray, de Saint-Hubert, du Mesnil-Saint-Denis et de Trappes, devraient être relevées de façon que les eaux distribuées soient toujours prises au dessus du fond, c'est-à-dire soient toujours claires et décantées.

On pourrait notablement augmenter le cube d'eau des retenues, qui sont les réserves de nos étangs. Celle des Pluviettes, celle Essarts, pourraient grossir d'une façon importante le rendement des eaux de l'étage supérieur à son origine.

Partout où ils existent, il faut aveugler les trous de Renards, c'est-à-dire les perforations du fond des étangs, par lesquelles se font des fuites. C'est très important surtout dans l'étang de Trappes.

Au départ de ce dernier étang, au pied de la chaussée, il serait facile d'installer un filtre qui rendrait de grands services, en arrêtant tous les débris flottants, tels que paillis, retailles et en général toutes les matières en suspension dans nos eaux d'étangs.

L'aération des aqueducs de Trappes et de Saclay améliorerait encore la qualité de ces eaux.

Si les réservoirs de Bois-d'Arcy et de Bois-Robert, dans le premier étage du service des eaux blanches, et si l'étang de Pré-Clos, dans le deuxième étage, étaient utilisés comme autrefois, les réserves de Versailles seraient accrues de toute leur capacité, c'est-à-dire de 900,000 mètres cubes; aucune raison sérieuse ne nous paraît s'opposer à cette importante amélioration.

Au N. O. de Versailles, dans les plaines du Trou-d'Enfer et de Bailly, l'ancien service tombé en désuétude, est à rétablir. Des sondages sont nécessaires, l'état des aqueducs est à vérifier. Les 250 mètres cubes d'eau de sources, perdues dans les plaines de Roquencourt, du Chesnay et des Fonds-Maréchaux en dépendent. Un régime nouveau de ce côté, serait un grand bienfait pour la région.

Ce qui précède, concerne le service extérieur de la ville.

Pour le service intérieur, il importerait de compléter l'exécution du plan de Vauban, dans lequel on utilise la forme des deux réservoirs de Montbauron non terminés, ce qui augmenterait de 115,000 mètres les réserves de la Ville.

Si on utilisait encore, comme autrefois, le réservoir de Chèvreloup abandonné, sa réserve serait de 42,000 mètres cubes en plus. Ainsi, ces deux améliorations qui sont relativement peu dispendieuses à réaliser, augmenteraient nos réserves de 157,000 mètres cubes.

Les réservoirs du Château-d'Eau et de l'Aile réunis ont une capacité de 7,000 mètres. Exclusivement réservés jusqu'à ce jour au jeu des eaux du parc, ils pourraient être reliés, pour les cas d'urgence extrêmes, au service de la ville.

Rien n'est à négliger, car, outre ses 50,000 habitants à desservir journellement, Versailles est exposé comme camp retranché, à supporter des charges momentanées, qu'il faut prévoir.

Aussi la transformation en réservoir de la pièce d'eau des Suisses, l'augmentation du rendement de ses sources, par le drainage de son hémicycle et des versants qui la bordent, surtout du côté de la plaine du Mail, l'augmentation de sa capacité par le curage et le relèvement de ses bords sont des améliorations destinées à rendre de grands services, comme ceux qu'elle a déjà rendus pendant la construction de la machine hydraulique de Marly.

Enfin, si toutes ces améliorations étaient jugées insuffisantes, un vaste réservoir au nord de Versailles, dans la plaine de Jardy, sur le point le plus élevé de nos coteaux de Versailles, pourrait recevoir les eaux de nouveaux puits de Marly et devenir ainsi, un centre d'approvisionnement aussi important qu'on pourrait le désirer.

Telles sont les améliorations principales qu'il nous paraît possible d'apporter dans le service des eaux qui nous alimente; loin de nous la prétention de croire que ce sont les seules; mais en présence de la situation qui nous est faite par l'infection de la Seine, il faut agir et ne rien négliger.

Paris. — Imp. PAUL DUPONT (Cl.) 185.11.92.

www.ingramcontent.com/pod-product-compliance
Ingram Content Group UK Ltd.
Pitfield, Milton Keynes, MK11 3LW, UK
UKHW021059270726
13994UKWH00009B/1680

9 782329 365930